JN126482

歌集

メビウスの地平

永田和宏

第一歌集文庫

GENDAI TANKASHA

fugit irreparabile tempus

目次

II

疾走の象

音楽へなだれんとするあやうさの……闇の深処に花揺らぐまで

楡の樹に楡の悲哀よ　きみのうちに溶けてゆけない血を思うとき

水のごとく髪そよがせて　ある夜の海にもっとも近き屋上

〈とおりゃんせ〉くらきアーチをくぐるときわが阿修羅には邂わざるものか

自らを撲てねば筋肉《にく》の熱ければシャドウ・ボクシングの青年の背よ

半球の林檎つややかに置かれいるのみ満身創痍・夜のまないた

疾走の象《かたち》しなやかに凍りつきよもすがらなる風よ　木馬に

いま海進期

わが愛の栖といえばかたき胸に耳あてており　いま海進期

くれないの愛と思えり　星摑むかたちに欅吹かれていたる

曇天に百舌鳥《もず》去りしのみふるふると風の眼に逢えりしばらく

かくれんぼ・恋慕のはじめ　花群に難民のごとひそみてあれば

盗まれし雲雀の咽喉の火事現場　少女の唇の草匂うかな

〈虫くい算〉さわやかにわが脳葉に展がりゆける火の秋の空

言うなかれ！　瞠る柘榴の複眼に百の落暉を閉じ込めきたる

おそらくはきみが内耳の迷路にてとまどいおらんわが愛語はや

肩車にはじめて海を見し日よりなべてことばは逆光に顕つ

山巓の夜毎の風に崩れつつはるかなりケルンは奈落の星座

雪来れば鳥となるべし　尾根わたる風のかたみはケルンと呼びき

惑星の冷たき道を吹かれくるあざみ色なる羞しさの耳

翔けるとき蕭条として風ぬける鳥の内部の日暮れぞ恋し

風に研ぐ

痛みのみは確かにわれのものなれば湯に沈むときあざやけき痣

サーチライトに雪生まれつつくだつ夜を人は耳より死ぬと思いき

闇に弧を描きし焔が地にひらけばむしろ美し錯誤なす蘂

駆けぬけてきたることより……はずみつつ雪は一樹にまつわり舞えり

始発電車はわれひとりにて　むなしさのたとえばズボンが破れしことも

コーラ二本提げて見舞えり　ああ二月風が虫歯にしみていたるよ

雪きしませて帰り来たりき　闘いの声は秀つ枝の風に研ぐべし

海へ

ぼくら二人はなぜ樹でないか、一つの樹皮に包まれた
同じ体温　同じ色
そして二人のくちづけが、唯一の花の樹でないか
——J. Cocteau

あなた・海・くちづけ・海ね　うつくしきことばに逢えり夜の踊り場

きみに逢う以前のぼくに遭いたくて海へのバスに揺られていたり

流木のきしきし並ぶ河口まで赤く染まりぬ　慕情と言えり

撲ちおろす一瞬しなやかに閃めきて水のごとくに崩おれにけり

カイン以後　瞋りは常に宥《なだ》められ羆とわれがむかいあいたり

銹におう檻をへだてて対き合えば額に光を聚めておりぬ

われを獲る空欲しきかな　野鳩よりしたたかに血は鎮めおくべし

凍りたる炎は星座　きみのうちに占めて確かなわが位置なりき

茶房〈ＯＡＫ〉厚きテーブルの木目の渦に閉じ込められし海さわだつを

〈太陽がいっぱい〉なればはつ夏の乳房のごとく風はらむ帆よ

おお空の汗よ！　したたる瞬時みぎわべに海月となるを見た者はいないか

脱出したし　われとともに吹かれていたるポスター〈ゴダールの秋〉

ブランデーを舌に転《まろ》ばせいたりしが　かなしみはだがコーラで割れぬ

ガソリンのにおう青年と隣りあいはつ夏のわが結膜炎

どんぐりのごとき孤独と思いつつコーラ呑む咽喉を見られていたり

静脈注射うたれきたればアーケードに卵なまなまと積まれてありき

あの胸が岬のように

あの胸が岬のように遠かった。畜生！　いつまでおれの少年

まだ眠りきれない耳＊＊＊の夕闇に漂うごとく咲く月見草

ステージの光錐《ライト・コーン》に獲《と》えられ彼も海へは還れぬひとり

鋼のごとく撓いたるまま楽終り若きプリマの生薑色《はじかみ》の脚

醒めぎわを花あぶ不意と消えしこと。どわすれのようなまぶしい硝子

——ダリに

剝がれんとする羞しさの——渚——その白きフリルの海の胸元

ゆるみやすき指の繃帯　昂ぶりの鎮まりてよりしんしんと夏

蚯蚓腫れのアスファルトの坂くだりつつかろうじて神にはとおきはつ夏

耳もとの蚊を打ちそこね　暇持たぬにんげんの掌よ闇でもひかる

少女母となる日を知らず　森閑と森に狂気ととなりあう緑

わが胸に敷かれし草の匂うまで見凝めいたるを、決意にとおし

噴水のむこうのきみに

噴水のむこうのきみに夕焼けをかえさんとしてわれはくさはら

傷つかず逢いいたる日よしなやかに耳の岬に風研がれいる

抱擁には長すぎし腕――逃亡と言うなチムニー攀じゆける腕

あざやかに焼きつけられしわが影の小さき円を出られぬわれか

何にむきはやるこころぞ駆けおれば胃酸鋭く口中に充つ

どこまでもスポットライトに追われゆく青貝色に倒るるまでを

噴水のささえる小さき曲率の視界に蒼き太陽の痣

窓さえ飛びゆきたそうなゆうぐれ……は、木蓮よりもさとき耳あれ

橋の孤独

花の闇軋めるほどの抱擁よ！　見事に肉となった泥たち

弓なりに橋さえ耐えているものをどうしようもなく熟《みの》りゆく性

犯さざりしわれの草地よ口惜しく夕焼くるとき母と呼びたく

曲面鏡にくびれんとする耳　とりかえしつかねばせめて美《は》しく截ちたし

この野郎！　揺れいる猿がしたたかに見上げていたりわれも淫らか

手に重き旗

一つずつ扉とざされゆく道の疾風《はやて》の午後を手に重き旗

傷つかぬ論理は擲《す》てよと言いしことも鹹《にが》し錆色に向日葵は立ち

たとうれば腹話術師ののどぼとけ　醜きものは自在に動き

硝子窓のむこう木椅子のO脚が締めつけている　冬の落暉を！

錫色にすすきが揺れるもはやわれと刺し交うべき影はもたぬを

あんず・すもも・りんごその他咲きつぎて還らぬ季ぞ・花スペクトル

海の髪

重心を失えるものうつくしく崩おれてきぬその海の髪

雑木林をぬけくる風の彫深き表情にもう騙されている

妹よ　髪ひきあげし水の裏に夕焼け青く展がると言うか

抱擁の帆のようなこのあやうさを意識す・ジークフリートの背

抱擁など知らざればなおうつくしく鼓動の谺となるチェスト・パス

葡萄を咽喉に撃ち込みいたりわれのみが常に口惜しくかばわるること

火の蟬のやがて還らん日もあるかきみの額のおさなき創に

背を抱けば四肢かろうじて耐えているなだれおつるを紅葉と呼べり

森がまだわれには見せぬ表情を唄いつつ流れゆくオンディーヌ

あざみ失踪

泣くものか　いまあざみさえ脱走を決意しかねている春の野だ

昏睡の真際のあれは湖《うみ》の雪　宥《ゆる》せざりしはわれの何なる

カーヴする機関車ほどの淫らさも振り捨てがたくひのくれかえる

花埋むごとく肉もて塞がれし胸すこやかに肋を欠けり

失踪の結末と言うな脱ぎ捨ててあるスリッパの緋の人魚印《マーメイド》

断ちがたき執着ひとつ　ああ奴をなめるように陽がおちてゆく

遠雷の坂駈けており……追いつめよしかと怒りは発火点まで

煽られて鳴る窓　まして翼なきわれに野あざみほどの軽さを

「夏がおわる。夏がおわる。」と書きいたりかつてはわれのものなりし夏

冬の崖に脈うてる血よ　抱擁のこのしなやかな四肢のきりぎし

Au Revoir

はぐれたる影のかなしみ溶暗の鏡にかえる風を聴きおり

奪いたきゆえことばあやうく殺しおり風の背後に臥しゆけば——秋

塔のごとやさしき逢いの記憶すらうすずみの苑サルビアも枯れ

てのひらの一点熱し独楽まわる、まわるときのみのひとりだち

鉄棒に逆さに揺れて見ておればしだいにかなし　茱萸に欝血

掠奪婚など欲りしもとおしまっさきに腕よりほどかれゆくセーターも

追憶＊＊＊は、緑けぶれる探し絵の森にひとりを見失う……まで

てのひらの傷に沁む塩　はじまらずおわりしものを愛とは呼ぶな

Au Revoir! まさにわが夏　坂ゆけばとんぼめがねの青年に遭う

泉のように

泉のようにくちづけている　しばらくはせめて裡なる闇繋ぐため

花びらのように抱き合いしばらくは眠らんかきみのかなしみのため

動こうとしないおまえのずぶ濡れの髪ずぶ濡れの肩　いじっぱり！

ひとひらのレモンをきみは　とおい昼の花火のようにまわしていたが

鏡の奥に百舌鳥燃えている邃《ふか》きこの視線の崖に愛追われ来し

少年と青年の間《あい》くきやかに乳首火薬のごとき痛みを

月光に立つ真裸の少年のごとき菖蒲《あやめ》よ　酔いてかがめば

しなやかな重心となり還りくるきみに岬のたけなわの夏

乳房まで闇となりつつねむりいんれんげ野に母を残し来たりき

火の領域

翳りつつこころの秋を遁れゆく　愁とは火を擦りきたる風

翼あればわれをいかなる風透る火の夕ぐれを駈けぬけるかな

はがれやすき日暮の影がともすれば比喩的に血を流しいたりき

昼顔のごとく夕日をはさみきて脇にかかえていたる旧約

きまぐれに抱きあげてみる　きみに棲む炎の重さを測るかたちに

雨ののち……も晴れずむくめる運動場《グラウンド》に行先不明の足跡ばかり

とぎれたることば視線にからみつつ火の領域に立てりあやうく

とりとめもない明るさよ驟雨すぎし街に一つずつひらかるる窓

髪切りし理由に思い及ぶとき視線の崖を風なだれゆく

オルフェの夏

渚よりずり落ちてゆく足跡はふりかえるなかれ　真夏のオルフェ

耳二つに挾まれ何に耐えている顔か　鏡は視線のこだま

眉間・鳩尾　青年らまだ標的となりうるものをもちいたり　夏

胸分けてゆく思想などあらざれば芒野いちめんに揺らぐ錫色

口惜しき話題は避けて歩みおり歯の間《あい》あわく韮におい いる

つゆくさ色の相似の痣に気づきたる日よりはげしく父とへだたる

面影のひしひしとして顫つ昼を未婚の窓の彼方ゆく秋

ふりむけば裸婦あかあかと噴水に濡れていたりき　還れユリディス

胸までの距離

桜よりかすかな冷えのいちはやくひとにきざせしのちの夕闇

雑踏をぬけ来し陽気な耳がやや戸惑いぎみに聞いている嘘

たわむれが不意に陥ちゆく沈黙のいま息づける胸までの距離

背後より抱けば再び匂わんかピアノの前の忘れられた夏

駆けてくる髪の速度を受けとめてわが胸青き地平をなせり

一列にぽぷら吹かるる　かなしみを頒たんと告げしあかときの窓

朝の百舌ほのおを横切り飛びにきと告げき　あえかに過ぎしかな愛

没り際を赤く膨るる太陽を凝視《み》ておりて未練と言うならば言え

影を脱ぐとき

炎天の短き影を脱ぎ捨てて入り来るときにひと若きかな

喫茶〈オルフェ〉冥府のごとき炎天とうす墨硝子一重を隔つ

虚空より花束つかみ出しし手が残りおり暗転ののちも虚空に

曳光弾のごときかなしみ夢にまた目覚めて傍にきみが眠れる

椎よ椎びしょ濡れの椎　罵しらぬ汝を思わず撲ちすえしこと

触れあいて氷韻けり傾けてグラス揺る指冷たからんよ

耳立てて秋の獣のゆきしあと無慙に明るく窓夕映えぬ

鏡の中いまはしずかに燃えている青貝の火か妻みごもれり

花びらにくちびる触れてねむりいん子のこと未生の仄明き闇

ツァラトゥストラ思えばはるかゆうぐれと夜のあわいをのぼる噴水

崖

崖のようにひとりの愛を知りしかば腕にあつまる血の重きかな

水の裏よりかなかな鳴けるピアニシモ　夏逝くときのうひとに告げにし

なおも夕映え　両生類のごと淡く息つめておりひとりのまえに

かつて灼かれし翼の痛み　飛込板の先に赤銅の背が揺れている

かなしみを追うごとひとの飛び込めば水中に夏の髪なびきたり

撲ちし痕が花びらのように美しくむしろ罰せられているのは俺か

灯を避けて密殺のごと抱きしかば背後の闇ににおうくちなし

さやさやと秋の鏡にほほえみは楽想のごと忘れられいん

昏れやすき背を抱き敏き肩を抱きあやうきものは崖と呼ばれき

聖痕

幼子が昼を眠れるてのひらのその聖痕《スティグマ》のごとき花びら

花の内部に月光あふれ少年にあらざる脛のふと冷えやすし

かすかなる銹のにおいよ　かなしみを量るごと鉄棒に身をつりあげる

雪やがて来ん空に光あまねくてふりむけば睫毛に虹捌《は》かれにき

わが窓を日暮れは森に開け放つ　かなかなよ夏の雫のごとし

わがためにみごもりしなどと思わねど眉間に夏のしんと冥しも

むきあえば半ば翳れる汝が頬よ　告げざりしわがかなしみの蝕

風の背後に

風の背後に火は煽らるるわれよりも若き死者らのため駆けんかな

みずからの悲鳴にも先を越されつつ墜死とう死の悔しからんに

くやしさに少し遅れて駆けゆける秋のランナー背より昏れつつ

やすやすとまた許されてゆうぐれを石投げておりむこう岸まで

バー越えて夕陽を越えてみずからの影に嵌絵のごとく沈みぬ

硝子器に蟻飼われいる　兄妹の熱き視線の夏を越えつつ

森閑と冥き葉月をみごもりし妻には聞こえいるという蟬よ

わが胸のなかに

ほおずきの内部にひっそり胎されてほのお以前の火のほのぐらき

おもむろにひとは髪よりくずおれぬ　水のごときはわが胸のなかに

韻くごと窓は夕日を湛えいき　触るるなかれしばし汝がかなしみに

巨いなる樹は投影す硝子窓に冬のほのおのごときは燃えつつ

蠟燭のほのおの内部にうつくしく幽閉されていしほほえみよ

炎《ひ》を隔てひとつの過去に対いいき　かえらぬものは〈夏〉と呼ぶべし

更値一年秋

秋の扉《どあ》に刺さりしナイフさやさやと冷えいたり背後に森閉ざすゆえ

柘榴みのれる下横切りたる後姿の寡黙の秋の背は帰らざれ

鏡その視線の邃き峡越えて追えば去りゆく背のうつくしき

打ちおろすたびに火花は石工の胸に星座のごと刻まれき

酔わぬまま、否、酔えぬゆえ荒れにしをあわれ撲たれつつ汝が見ておりぬ

翼なき少女が窓を開け放つそのうつくしき飛翔のかたち

しずかにしずかに開かれし眸よくちづけののちを樹のごとわがたわみいき

「更に値《あ》う一年の秋」水湛え遠ざかるのみの背は夢に見し

I

夏序奏

饒舌の呼び寄せる夏　めくらむばかり向日葵の群揺れやまず

青春の証が欲しい　葉鶏頭《かまつか》の焔残して街昏れゆけり

みずからが光発するごとく眩し　時を忘れて渇ける日時計

スローモーションの画面を駆ける走者《ランナー》の歪める唇が夏を吐きおり

一瞬を太陽に埋没するボール　八月は円錐形に落ちきたる

葉鶏頭妖しく夕暉に照らさるる　ラジオ告げいし異常乾燥来む

青銅期

超然と檸檬が一個置かれいる　いつかナイフを刺さんと思う

ふつふつと湧くかなしさよストローより檸檬炭酸《レモン・スカッシュ》舌刺し貫けり

身をよじる全裸の青年をつつみつつ緑こそわれらが錯誤のはじめ

緑濃きアダムの像は雨に濡れわれも濡れいてあふるる緑

青銅《ブロンズ》のアダム像も腐蝕していん　醒めいて夜の枕は熱し

粉雪が風の死角に降りしきる　熱き素足は傷つけたくて

充血する眼のごとし　病む昼は柘榴の種子にたじろぎている

悪意なき殺意もあらん工房の昼マネキンの裸の乳房

＊

砂浴みする鶏の眼の鋭きを見てより昼は母が恋しき

風刑抄

雪割草咲く野に少女を攫《さら》いたく夕暮るるまで風を集めぬ

草に切れし指を吸いつつ帰り来れば叫びたきまでわが身は浄し

赤錆びてゆらゆら陽を浴む駅にしてひとひらの蝶の運ぶ微睡《まどろみ》

棒高跳の青年一瞬カインのごとく撓えり　夕映えのなか

何を夢みんためかかく鋭き瞳《め》をもつ青年ダビデは羊飼《シェパード》いなりき

わがために髪を乱せし少女ゆえ君夕光《ゆうかげ》の瞳を持てしばし

耐えるべきことのみ多し塀の上かっと明るき辛夷がある

責めんとして不意にせつなし汝が髪が節くれ指にからみてやさし

髪なびかせゆらりと丘に立つ君が攫われそうに赫き夕映え

緑月抄

蔓巻きし痕なまなまと幹を彫り　彫りて欲るべき愛の形象《かたち》よ

樹幹筋肉のごと盛り上がりかつて鞭打たれし青年の裸身

ポプラアに今し五月の風あふれカインのごとく浄き額よ

麦熟れてさながら光となる畑激しきものがわれをとらえつ

つづまりは相譲らざる位置なれば向日葵のごとき顔していたる

朝焼けの崩るる際に生まれたる嬰児抱けば父となる腕

胎内に繫がる冥さ　萌黄なすCd《カドミウム》光に掌を翳しつつ

紫陽花の百の肺胞に血はあふれそのことのみに母となりたり

緑月《りよくづき》の昧爽にわれを産みしかば母の虹彩《イリス》に揺るる若葉ら

海蛇座

かなしきというにあらねどゆうぐれの空にむかいて咽喉あらいおり

ミキサー車風ひきずりて走り去り暮れてしばらく熱吐く川面

鉄塔をすべり落ちゆく陽にひとりしつこく顔を染められていき

くり抜かれ影吸う眸を持てるゆえ踊り出したき夜の埴輪ら

吊り上げられ激しく撓う鉄筋とわれといずれが飛びゆきたかる

見抜かれていたることすらさわやかにかなかなの鳴く夕暮れなりき

いだきあうわれらの背後息あらく人駈けゆきしのち深き闇

言い得ざる言葉のつづき・風が吹く　やや憂欝に揺るる垂り髪

火急なる愛かもしれぬ立ち上がりざま吐けばアメーバ形に展がる唾《つばき》

海蛇座南にながきゆうぐれをさびしきことは言わずわかれき

Quod Erat Demonstrandum

『メビウスの地平』出版の頃
文庫版へのあとがき

永田和宏

私の第一歌集『メビウスの地平』は、一人の男との出会いから生れたものだ。たぶん一九七五年だと思うが、七四年だったかも知れない。まったく知らないひとりの男から手紙を受け取った。私の歌集を出したいというのである。

驚いたのは、その出版社からはまだ一冊も本が出ていないということ。私の歌集と、もう一冊、村木道彦の歌集を出したいと書かれており、この二冊から出版業を始めたいという趣旨の手紙であった。

当時、企画出版として話が舞い込むなどということは考えられなかったし、とうぜん喜びはしたのだが、何より、無から始めるという心意気と、ぜひ会って話を聞いて欲しいという熱い思いのこもった文面に惹かれ、会うことになった。

男の名は、青山敏夫と言った。新宿だったかで初めて出会ったが、ほんとうに歌が好きで、私などよりはるかに多くの歌人の歌を読んでいるようであった。

私とほぼ同年代。大手の出版社に勤めながら、自分で出版をやりたいという熱意に共感した。どこかクールでニヒルな容貌もおもしろかったが、著者と出版者という関係よりは、たちまち友人としての付き合いが始まった。ちょうど角川書店から「新鋭歌人叢書」の企画が出ており、私も誘われていたのだったが、せめて第一歌集くらいは、小さな出版元から手作りのものをという思いもあり、彼に任せることにした。

歌集は七五年の十二月に出た。茱萸叢書と言ったが、もともとは自分の趣味というか、出したいものだけを出すと公言していた出版社であったから、村木道彦の『天唇』が出、私の『メビウスの地平』が出、そして福島泰樹の『晩秋挽歌』が出て、ほどなく潰れてしまった。青山自身が行方をくらましてしまったのである。以後、音信不通。不思議な出会いであった。

因みに、私の第二歌集『黄金分割』も、出版を始めたばかりの出版社から話があり、沖積舎の第一回の刊行物として出たのだと聞いている。もちろん沖積舎はいまも活発な展開を見せているが、どちらの歌集も出版社の創業とリンクしていたというのは、偶然にしてもおもしろいことだ。

装丁は建石修志によるもので、箱と扉に彼の絵が使われたが、どちらも思いきったものであった。特に箱の絵を見たときは度肝を抜かれた。

裸の男性二人が抱き合っているが、その二人を巻き締めているのは、どうやら男の頭からのびる蛇の胴体なのである。不思議な絵だった。インパクトは強かったが、なにしろ大胆すぎる。ペニスまではっきりと描かれているのである。凄いとは思ったが、自分の第一歌集の表紙である。当時の私には喜ぶだけの見識も余裕もなく、ちょっと待ってよといった気分であった。しかし、これを表紙にもってきた青山のセンスに、あるいは建石修志さんのセンスに、いまの私は感謝している。

贅沢な本だったと思う。一ページ二首組み。各小題だけに一ページを使い、小題はすべて左ページ。右が空いていても、空白のページとなるのである。

初期歌篇は〈I〉として後半に組み、初期歌篇以降を〈II〉として冒頭から編年体で組んだ。第一歌集はおおよそがそうであるが、とにかく思い入れが強い。従って凝ることになる。

表紙には"fugit irreparabile tempus"（時間は逃げ去って、二度と取り戻せない）というラテン語を斜体で入れ、歌集の最後のページには目立たないように隅に"Quod Erat Demonstrandum"（証明終り）と入れた。ほとんど嫌みというに近い凝り方であるが、いまとなると微笑ましい肩肱の張り方でもあろう。

師であった高安国世先生には申し訳のないことであったが、序文をいただくこともなかった。栞などもいっさい無し。そのような助けを請うことを潔しとしないという思いである。

何より、この歌集には「あとがき」もなかったのである。歌は、歌だけで読んでもらうもの。そこにごたごたと「あとがき」などを入れるのはみっともないという思想である。当時の若い歌人の意識は、まさにそんな雰囲気であった（実際にそれを実行した歌集は、さすがにほとんどなかったが）。

高安国世先生自身、いわゆる世事に疎い方だったから、処女歌集出版の際にはどういうことをすべきなのかなど、いっさいの助言もなく、送付先などもまったくわからない。ジャーナリズムに送ることもほとんどなかった。謹呈として送ったのは八〇冊にも満たなかったはずだ。

五〇〇部限定出版ということで、番号がつけられていたはずなのだが、いまわが家に残っている本にも番号はなく、この本を所持しているという珍しい人のものにも番号のないものがあるというから、はたしてすべてに番号がついていたものかどうかは、出版社が消滅してしまった今となっては、まったくわからない。すべてにいい加減なのであった。

流通の具合から見ても、注目のされ方から見ても、結果的には小出版社からのアングラ的な歌集出版は、歌集の出自としては不利だったのだろうが、ある意味、凝りに凝った、若さの自負と気負いの詰まった第一歌集を眺めるとき、これはこれでなかなかいい出発をしたと思っているのである。

文庫版解説

吉川宏志

『メビウスの地平』は、一九七五年、永田和宏が二十八歳の年に刊行された。函入りの本で、石版画だろうか、蛇がからみついた裸体像が深い藍色で刷られている。ミステリアスな雰囲気が漂う装丁である。

作者の実人生に沿って言えば、河野裕子との恋愛と結婚、そして二人の子の誕生が、この歌集の背景にある。

しかし、この歌集ではそういった〈事実〉は、具体的な形では現れない。非常に象徴化された表現で歌われていることが、大きな特徴と言えるだろう。

背を抱けば四肢かろうじて耐えているなだれおつるを紅葉と呼べり

恋人を抱いたとき、重心がなだれこんでくる感覚を詠んでいるのだが、山に枝垂れる紅葉と重ね合わせているところが、じつに美しい。崩れ落ちるような危うさと、恋の燃えるような熱情が、緊密な文体で描き出されているのである。

前衛短歌の影響を指摘することはできる。しかしそれ以上に、言葉をぎりぎりまで削ぎ落として、若い身体の核心を捉えようとする志向が、ここには存在しているのではないか。肉体の根底にある、鋭敏な生命力を歌おうとしていると言ってもいい。たとえば次の歌もその好例だろう。

弓なりに橋さえ耐えているものをどうしようもなく熟《みの》りゆく性

これも「耐える」という語が用いられた歌だが、性の衝動を抑制している身体が、「橋」という暗喩によって美しく昇華されている。余計なものは捨象され、静かに息づいている欲動そのものが、純粋な形で歌われているのである。だから、性を表現していても、清らかさは失われず、透明感さえも伝わってくる。

あの胸が岬のように遠かった。畜生！　いつまでおれの少年

「あの胸」は女性の胸であり、かなわなかった性欲が歌われている。しかし、「岬」という比喩の力が大きく、「畜生！」という過激な言葉が用いられていても、清冽な印象は揺るがない。〈女性〉という言葉を使わずに、「あの胸」という一語だけで暗示しているところが鮮やかだ。徹底的な省略によって、歌われているものの本質のみが、造形的に摑み出されるのである。

『メビウスの地平』では、こうした抽象化がさまざまに試みられているので、難解に感じられる歌もあるかもしれない。

カイン以後　瞋りは常に宥《なだ》められ羆とわれがむかいあいたり

なども、現在ではわかりにくい一首だろう（「瞋り」は「いかり」、「羆」は「ひぐま」と訓む）。カインは『旧約聖書』に登場する人物で、弟のアベルを殺害し、追放された。暴力を禁じられて生きる人間が、暴力を許されているけれども檻に囚われているヒグマと向かい合っている。怒りを抑圧されている苛立ち。こうした歌には、当時盛んだった学生闘争の影響があるのかもしれない。こうした難解な歌を、じっくりと考えながら読んでいくことも、この歌集を読む楽しみの一つだろう。

わが愛の栖といえばかたき胸に耳あてておりいま海進期

きみに逢う以前のぼくに遭いたくて海へのバスに揺られていたり

歌の特徴について、もう少しだけ付け加えておきたい。「海進期」という硬質な科学用語を生かした歌にはサイエンティストとしての一面が感じられるし、「きみに逢う」の歌ではやわらかな口語表現が、優しく心に響く。

この二首の正確な〈意味〉は、いざ解釈しようとすると、なかなか難しいはずだ。しかし、リズムによって〈感情〉そのものはよくわかる。言葉の音楽性によって、難解な表現であっても、読者の心にいきいきと伝わっていくのだ。若々しい緊密な韻律を、そのまま味わうことが、最も大切なのかもしれない。

美しく屹立した歌が、いくつも含まれている歌集である。ぜひ愛誦歌を見つけてほしい。記憶して口ずさむこと。短歌の言葉が最も輝くのは、まさにその瞬間にあるのだ。

てのひらの傷に沁む塩　はじまらずおわりしものを愛とは呼ぶな

ツァラトゥストラ思えばはるかゆうぐれと夜のあわいをのぼる噴水

水の裏よりかなかな鳴けるピアニシモ　夏逝くときのうひとに告げにし

海蛇座南にながきゆうぐれをさびしきことは言わずわかれき

文庫第二版解説

三上春海

あなたはどうして『メビウスの地平』を手にとるのだろう。

一日が過ぎれば一日減つてゆくきみとの時間　もうすぐ夏至だ

歌は遺り歌に私は泣くだらういつか来る日のいつかを怖る

永田和宏『夏・二〇一〇』（二〇一二）

「日本を代表する細胞生物学者」でありながら「家族の歌」「夫婦の愛の歌」でも知られる「戦後を代表する歌人のひとり」、このような紹介で新しく著者を知った読者も多いとおもう。しかし近年よく引用される歌のイメージで本書を手に取ると、その内容・文体のギャップに驚くことになる。『メビウスの地平』にはわかりやすい「家族の歌」も「夫婦の愛の歌」もない。書きぶりには若書きの激しさ・過剰さが満ちている。本書刊行時に著者は二十八歳、学者としても歌人としてもまだ無名に近い、いわば何者でもない存在だった。何者でもないがゆえの過剰さ、おもいこみの深さ、不自由な自由さとでもいうべき行き場のない力が本書の随所にわだかまっている。

きみに逢う以前のぼくに遭いたくて海へのバスに揺られていたり

ひとひらのレモンをきみは　とおい昼の花火のようにまわしていたが

あの胸が岬のように遠かった。畜生！　いつまでおれの少年

永田和宏の代表歌として知られるこれらのいわゆる「青春歌」が本書の読みどころのひとつだが、後年著者が前衛短歌の影響をたびたび振り返るように、ここでは具体的な生活背景への言及が慎重に避けられている。先述した「夫婦の愛の歌」とは異なり、著者とその恋人・河野裕子を詠んだ歌として読まれることは必ずしも期待されていない。前衛短歌への意識とは別の理由として、これらの歌は〈歌人・永田和宏〉という具体性・パブリックイメージが完成しきる以前に歌われていた、という背景も指摘できるだろう。何者でもないからこそ詠むことのできる一瞬のきらめきが本書『メビウスの地平』にはあふれている。

このような一瞬のきらめきをひとつひとつ探し求めることも『メビウスの地平』をひもとく楽しみのひとつである。だが一首との出会いにとどまらず、全体としての『メビウスの地平』を探究するヒントを以下では探ってみたい。

＊

本書には多くの偏愛されるモチーフがある。まず目次をみると、「海」「岬」「噴

水」「泉」など、〈水〉にまつわるイメージが多用されていることに気づく。

あなた・海・くちづけ・海ね　うつくしきことばに逢えり夜の踊り場

動こうとしないおまえのずぶ濡れの髪ずぶ濡れの肩　いじっぱり！

水のごとく髪そよがせて　ある夜の海にもっとも近き屋上

複数の歌で〈水〉のイメージが〈女性〉の姿に重ねあわせて描かれる。かたちを持たず触れればすぐに崩れてゆくもの、それでいてそれを欠けば決して生きてはいけないもの、そしていつかはそこに到達したいと願うもの。そのような〈水〉や〈海〉のイメージに「髪」というイメージも重ねられてゆく。そよそよと風にゆらぎつつ、わたしの心をひきつけてやまないもの。「あなた」が放った「海ね」という言葉はその後のわたしを永遠に規定する。

撲ちおろす一瞬しなやかに閃めきて水のごとくに崩おれにけり

きまぐれに抱きあげてみる　きみに棲む炎の重さを測るかたちに

背を抱けば四肢かろうじて耐えているなだれおつるを紅葉と呼べり

水のように崩れやすいあなたをわたしが「撲つ」歌が散見される。相手への働きかけとして「抱く」ことを詠った歌も多い。「撲つ」歌においても「抱く」歌においても、前提には、あなたはわたしではない、という他者感覚が存在する。引用二首目では「抱く」という行為を通じて他者たる「きみ」との心理的距離が測られている。これらの歌で、わたしにとってあなたは常に受動的な客体として描かれていることに注意したい。働きかけるのはつねにわたしであり「撲たれる」「抱かれる」歌は『メビウスの地平』には見られない。ここには青年期固有の孤独感、つまり〈世界にわたしの居場所がない〉という感覚が反映されているのではないかと想像する。異物に囲まれた世界の中でわたしの居場所をつかみ取るための行為がここでは「撲つ」であり「抱く」なのではないか。

『メビウスの地平』に頻出するモチーフにはほかにも、〈風〉〈炎・焔〉〈血〉〈闇〉〈耳〉などが挙げられる。

青春の証が欲しい　葉鶏頭《かまつか》の焔残して街昏れゆけり

泉のようにくちづけている　しばらくはせめて裡なる闇繋ぐため

このようなモチーフの偏りが本書の文体の過剰さを決定づけている。各種モチーフの機能・関連を探ることも本書を読む楽しみのひとつといえるだろう。

さらに、『メビウスの地平』は詠われる季節にも偏りがある。「春」「夏」「秋」「冬」という語を詠んだ歌を単純に数えてみると、もっとも多いのは「夏」で十八首、次点が「秋」で十一首に対し、「冬」は三首、「春」の歌はわずか一首しかない

（「青春」と使われる一首を除く）。『メビウスの地平』は秋へと至りつつある〈終わりゆく夏〉を詠った歌集でもある。

「夏がおわる。夏がおわる。」と書きいたりかつてはわれのものなりし夏

炎《ひ》を隔てひとつの過去に対いいき　かえらぬものは〈夏〉と呼ぶべし

蚯蚓腫れのアスファルトの坂くだりつつかろうじて神にはとおきはつ夏

あざやかに焼きつけられしわが影の小さき円を出られぬわれか

「かつてはわれのもの」「かえらぬもの」としての〈夏〉とは、実際の季節である以上に、人生における魂の〈夏〉のことだろう。「かろうじて神にはとおき」「われのものなりし」と嘯けるほどの無根拠な自信を有しながら、一方で炎天下の「小さき円」を出ることができない。どこまで辿っても外に出ることのない孤立したメビウスの輪を生きながら、居場所と他者を求めて苦闘する。この地獄のように美しい一季節が『メビウスの地平』の〈夏〉である。

＊

『メビウスの地平』は〈男性〉の歌集である。〈男性歌人〉（を自認する歌人）の歌集であるという端的な事実にとどまらす、本書は意識的に〈男性性〉をめぐる諸現象を詠おうとした歌集である。

草に切れし指を吸いつつ帰り来れば叫びたきまでわが身は浄し

少年と青年の間《あい》くきやかに乳首火薬のごとき痛みを

弓なりに橋さえ耐えているものをどうしようもなく熟《みの》りゆく性

花の内部に月光あふれ少年にあらざる脛のふと冷えやすし

ここに見られる〈少年〉〈青年〉というキーワードや、自身の性・身体への関心、さらには先に述べたような、〈水〉をまとった他者としての〈女性〉、〈撲つ〉〈抱く〉行為によるその客体化、〈終わりゆく夏〉、などの主題群、これらはどれも〈男性性〉に対する応答として整理することができるようにおもう。〈少年〉が〈女性〉という他なる性を持つものに出逢い、自身の孤独を脱してゆく。他者に触れることでメビウスの輪には外部への道が生じるが、同時にそれは現在地の喪失ともなる。「熟《みの》りゆく性」を経て〈少年〉が〈青年〉となりゆく変化の記録が、〈終わりゆく夏〉を背景に描かれる、それが『メビウスの地平』の隠れた一側面である。補足情報として、河野裕子の第一歌集『森のやうに獣のやうに』（一九七二）には永田のこととおもわれる「若い恋人」「少年」を詠った歌が複数あること、永田の初期作品には特に春日井建『未青年』（一九六〇）の影響があると本人が公言していることも指摘しておく。

このように整理すると、『メビウスの地平』を従来のように単に「青春歌集」と呼ぶことはためらわれてくる。描かれようとする青春像は普遍的なものではなく、〈男性異性愛者にとっての青春〉、つまりあるひとつの（現時点における多数派の）特殊な一事例である。勘違いのないように補足すると、本歌集は決して〈男性〉のためだけの歌集ではない。〈女性〉や〈男性〉を詠った歌は、〈男性〉や〈女性〉を自認するひとだけでなく、〈女性〉や〈男性〉とともに生きるすべてのひとに関係する。「〈男性〉のことでしかない」と遠ざけるのではなく、かといって「〈男性〉だから〜である」と議論を短絡するのでもなく、「〈男性〉のことである」と、とりあえず側に置いておくこと。標本を採集するように、相対化のための一視点として〈男性〉という問題意識を受け取ることを考えたい。多様な性・多様なスタイルのあり方のひとつとしていまこの社会には〈男性〉という形式が確かにある。この個別性が本歌集には高い密度で結晶化している。

面倒な話をしているだろうか。しかしこのような視点から本歌集を、さらには永田和宏の以降の作品を読み直すことで、次代のための新たな資産が多く発見されてくることを、わたしはいま確信している。

永田和宏略年譜

昭和二十二年（一九四七）
五月十二日、滋賀県高島郡饗庭村に生れる。父嘉七、母チヅ子の長男。

昭和二十四年（一九四九）　2歳
母、結核を発病。山寺のおばあさんに預けられ、以後母の死後四歳まで一緒に暮らす。

昭和二十六年（一九五一）　4歳
一月、母死去。十月、父、川島さだと再婚。京都へ転居。

昭和二十九年（一九五四）　7歳
京都市立紫竹小学校に入学。

昭和三十五年（一九六〇）　12歳
京都市立双ヶ丘中学校に入学。中学三年間は軟式テニス部でテニス三昧。京都市で四位。

昭和三十八年（一九六三）　16歳
京都府立嵯峨野高等学校に入学。北野塾という小さな寺子屋で受験勉強。英語の片田清先生、国語の佐野孝男先生らに影響を受ける。佐野先生の近代短歌の授業に触発され、短歌を二首だけ作って新聞に応募。佳作と特選。

昭和四十一年（一九六六）　19歳
京都大学理学部に入学（三回生から物理学科）。合気道部、バスケットボール部などを経て京大短歌会設立とともに参加。高安国世を知る。

昭和四十二年（一九六七）　20歳
高安国世の「塔」に入会。同時に同人誌「幻想派」の創刊に参加。「幻想派」で河野裕子と知り合う。「幻想派」合評会では何度か塚本邦雄の批評をもらった。

昭和四十四年（一九六九）　22歳
「短歌」や「現代短歌'70」などに初めて作品を発表。学園闘争が盛り上がり、連日デモ。

昭和四十六年（一九七一）　24歳
京都大学を五年で卒業し、森永乳業中央研究所に入社。国分寺に住む。

昭和四十七年（一九七二）　25歳

五月、河野裕子と結婚。横浜市菊名に住む。

昭和四十八年（一九七三）　26歳

八月、長男淳誕生。京都大学ウイルス研究所市川康夫助教授を訪ね、研究指導を受ける。

昭和五十年（一九七五）　28歳

五月、長女紅誕生。七月、継母さだ死去。第一歌集『メビウスの地平』（茱萸叢書）刊（第二回現代歌人集会賞）。

昭和五十一年（一九七六）　29歳

自治医科大学にて三か月の共同研究。十月森永乳業を辞し、京都大学結核胸部疾患研究所の市川康夫教授の元に移り、無給の研修員となる。北野塾で物理を教える。

昭和五十二年（一九七七）　30歳

第二歌集『黄金分割』（沖積舎）刊。十月京都で第二回現代短歌シンポジウムを企画開催。塚本邦雄、梅原猛の特別講演など。

昭和五十三年（一九七八）　31歳

「骨髄性白血病細胞の分化」の研究によって京都大学理学博士。

昭和五十四年（一九七九）　32歳

京都大学講師（胸部疾患研究所）となる。

昭和五十六年（一九八一）　34歳

コロキウムin京都を企画。佐佐木幸綱を初めとする若手十人余による徹底討論。第一評論集『表現の吃水―定型短歌論』（而立書房）刊。第三歌集『無限軌道』（雁書館）刊。

昭和五十八年（一九八三）　36歳

滋賀県石部町に転居。シンポジウム「女・たんか・女」を企画・司会。河野裕子、阿木津英、道浦母都子、永井陽子による座談会。

昭和五十九年（一九八四）　37歳

五月、アメリカ国立癌研究所（NIH、NCI）に客員准教授として赴任。七月、高安国世死去。八月、河野裕子と子供たち渡米。

昭和六十一年（一九八六）　39歳

第二評論集『解析短歌論―喩と読者』（而立書房）刊。五月、米国より帰国。十月、京都大学教授（胸部疾患研究所）となる。十一月「塔」編集責任者となる。

昭和六十二年（一九八七）　40歳
「現代短歌雁」編集委員となる。第四歌集『やぐるま』（雁書館）刊。京大短歌会顧問。

昭和六十三年（一九八八）　41歳
日本細胞生物学会庶務幹事となる。「塔」で小池光、小高賢と鼎談「清く正しい中年の歌」。

平成元年（一九八九）　42歳
学術会議研究連絡委員会委員。がん特別研究（Ⅰ）研究代表。

平成二年（一九九〇）　43歳
京都市左京区上蔵町に転居。第一回高安国世記念詩歌講演会を開催（近藤芳美、中西進、以後第五回まで継続）。『白血病の分化誘導療法』（共編著、中外医学社）刊。

平成三年（一九九一）　44歳
『同時代の横顔』（砂子屋書房）刊。

平成四年（一九九二）　45歳
『生化学イラストレイティッド』（翻訳、医学書院）刊。淳、同志社大学英文学科に入学。
南日本歌壇選者となる（～現在）。

平成五年（一九九三）　46歳
「塔」編集発行人となる。重点領域研究計画班代表。

平成六年（一九九四）　47歳
『ストレス蛋白質—基礎と臨床』（編著、中外医学社）刊。『昭和の歌人たち』（昭和歌人集成・別巻、短歌新聞社）刊。『分子生物学・免疫学キーワード辞典』（共編著、医学書院）刊。

平成七年（一九九五）　48歳
紅、京都大学農学部に入学。第23回器官形成研究会大会主催。

平成八年（一九九六）　49歳
戦略的基礎研究・研究代表。上賀茂神社曲水宴に参加、現在に至る。連続公開鼎談「斎藤茂吉—その迷宮に遊ぶ」を企画、岡井隆、小池光と二年間。第五歌集『華氏』（雁書館）刊（第二回寺山修司短歌賞受賞）。『永田和宏歌集』（砂子屋書房）刊。

平成九年（一九九七）　50歳

産経新聞歌壇選者となる（～平成十七）。特定領域研究領域代表。

平成十年（一九九八）　51歳
国際学会 Cell Stress Society International 理事。「分子シャペロン国際会議」を主催（京都）。京都大学再生医科学研究所教授となる。京都市左京区岩倉長谷町に転居（現在に至る）。第六歌集『饗庭』（砂子屋書房）刊（第三回若山牧水賞、第五十回読売文学賞を受賞）。『生体物質相互作用のリアルタイム解析実験法』（スプリンガー社）刊。『斎藤茂吉―その迷宮に遊ぶ』（砂子屋書房）刊。

平成十一年（一九九九）　52歳
国際誌 Cell Structure and Function 編集長（平成十六まで）。淳、植田裕子と結婚、長男櫂誕生。『岩波現代短歌辞典』刊（編集委員）。第4回臨床ストレスタンパク質研究会大会主催。

平成十二年（二〇〇〇）　53歳
日本生化学会理事。河野裕子に乳癌が見つかり、手術。市川康夫先生（京大名誉教授）死去。

平成十三年（二〇〇一）　54歳
詩歌文学館賞選考委員。戦略的基礎研究（CREST）研究代表。『細胞生物学―驚異のミクロコスモス』（日本放送出版協会）刊。『分子シャペロンによる細胞機能制御』（シュプリンガー社）刊。共同研究『昭和短歌の再検討』（砂子屋書房）刊。第七歌集『荒神』（砂子屋書房）刊（第二十九回日本歌人クラブ賞）。

平成十四年（二〇〇二）　55歳
日本細胞生物学会会長（～平成十九）。臨床ストレスタンパク質研究会代表幹事（～平成十九）。上田三四二記念短歌フォーラム選考委員（現在に至る）。放送大学客員教授（～平成二十一）。現代歌人協会理事（～平成二十三年）。淳の長女玲誕生。

平成十五年（二〇〇三）　56歳
アジア太平洋細胞生物学会副会長（～平成二十一年）。NHK歌壇選者。宮中歌会始詠進歌選者（〜現在）。『分子生物学・免疫学キーワード辞典第二版』（医学書院）刊。日本細胞生物学会大会を主催。第八歌集『風位』（短歌研究社）刊（第三十八回迢空賞、第五十四回芸術選奨文部科学大臣賞）。

平成十六年（二〇〇四）　57歳

京都新聞歌壇選者（〜平成十九年）。財団法人安田医学財団理事。国際学会 Cell Stress Society International 会長（〜平成十七年）。

斎藤茂吉短歌文学賞選考委員（〜平成十九年）。「塔」五十周年記念全国大会主催。『先端医学キーワード辞典』（医学書院）刊。

平成十七年（二〇〇五）　58歳

朝日新聞歌壇選者。ロレアルユネスコ女性科学者賞選考委員（〜現在）。『続永田和宏歌集』（砂子屋書房）刊。京都新聞大賞・文化学術賞受賞。国際会議「タンパク質の一生」共同主催（淡路島）。第九歌集『百万遍界隈』（青磁社）刊。

平成十八年（二〇〇六）　59歳

第二十四回京都府文化賞・文化功労賞受賞。淳の次男陽誕生。『細胞生物学』（共編著、東京化学同人）刊。

平成十九年（二〇〇七）　60歳

臨床ストレス応答学会創立理事。学術創成研究代表。第十歌集『後の日々』（角川書店）刊（第十九回齋藤茂吉短歌文学賞）。『作歌のヒント』（NHK出版）刊。

平成二十年（二〇〇八）　61歳

秋田大学工学部客員教授。淳三男、颯誕生。短歌研究賞選考委員（〜現在）。角川短歌賞選考委員（〜現在）。岩波新書『タンパク質の一生』刊。『ルーイン細胞生物学』（監訳、東京化学同人）刊。『永田和宏』（青磁社）刊。

平成二十一年（二〇〇九）　62歳

紫綬褒章受章。『言葉のゆくえ』（坪内稔典と共著、京都新聞社）刊。第十一歌集『日和』（砂子屋書房）刊（第十回山本健吉文学賞）。小野市詩歌文学賞選考委員（〜現在）。『医学のための細胞生物学』（南山堂）刊。『医学細胞生物学』（監訳、東京化学同人）刊。

平成二十二年（二〇一〇）　63歳
京都大学を退職（名誉教授）。京都産業大学総合生命科学部を創設、教授・学部長となる。八月十二日河野裕子死去。「河野裕子を偲ぶ会」開催。『京都うた紀行』（河野裕子と共著、京都新聞社）刊。

平成二十三年（二〇一一）　64歳
京都市文化功労賞受賞。『家族の歌―河野裕子の死を見つめた344日』（共著、産経新聞社）刊。『たとへば君』（河野裕子と共著、文藝春秋社）刊。『もうすぐ夏至だ』（白水社）刊。

平成二十四年（二〇一二）　65歳
『歌に私は泣くだらう』（新潮社）刊。第十二歌集『夏・二〇一〇』（青磁社）刊。

平成二十五年（二〇一三）　66歳
岩波新書『近代秀歌』刊。『新・百人一首』（岡井隆・馬場あき子・穂村弘と共著、文春新書）刊。京都産業大学名誉教授となる。「ＮＨＫ短歌」選者（以後2年間）。第一歌集文庫『メビウスの地平』（現代短歌社）刊。エッセイ集『新樹滴滴』（白水社）刊。歌集『夏・二〇一〇』で第6回日本一行詩大賞受賞。『歌に私は泣くだらう』で第29回講談社エッセイ賞を受賞。

平成二十六年（二〇一四）　67歳
『たとへば君』（文春文庫）刊。『塔事典』（共同編集）刊。『家族の歌』（文春文庫、共同執筆）刊。『現代秀歌』（岩波新書）刊。佐藤佐太郎短歌賞選考委員（以後5年間）。国際シンポジウム「Cutting-edge of Life Science」を主催（京都）。

平成二十七年（二〇一五）　68歳
『歌に私は泣くだらう』（新潮文庫）刊。『ＮＨＫ短歌　新版　作歌のヒント』（ＮＨＫ出版）刊。『人生の節目で読んでほしい短歌』（ＮＨＫ出版新書）刊。『細胞の不思議』（講談社）刊。「塔」主宰を勇退、選者となる。日本歌人クラブ招待会員となる。『現代秀歌』にて日本歌人クラブ評論賞受賞。日本細胞生物学会名誉会員となる。塩尻短歌フォーラム選者となる。

平成二十八年（二〇一六）　69歳

京都産業大学タンパク質動態研究所所長となる。『京都うた紀行』（河野裕子と共著、文春文庫）刊。盛岡大学客員教授となる。エッセイ集『あの午後の椅子』（白水社）刊。

平成二十九年（二〇一七）　70歳

『生命の内と外』（新潮選書）刊。『僕たちが何者でもなかった頃の話をしよう』（山中伸弥、羽生善治、是枝裕和、山極壽一と共著、文春新書）刊。「NHK短歌」選者（1年間）。『永田和宏作品集1』（青磁社）刊。『私の前衛短歌』（砂子屋書房）刊。第十三歌集『午後の庭』（角川書店）刊。ハンス・ノイラート科学賞（国際タンパク質科学会）受賞（モントリオール、カナダ）。『永田和宏作品集1』にて第40回現代短歌大賞受賞。

平成三十年（二〇一八）　71歳

ETV特集「こころの時代『いのちを詠う』」（1時間ドキュメンタリー）放映。『あなたと短歌』（知花くららと共著、朝日新聞出版）刊。『続・僕たちが何者でもなかった頃の話をしよう』（池田理代子、平田オリザ、彬子女王、大隅良典と共著、文春新書）刊。毎日放送テレビ「映像18　記憶する歌―科学者が歌う三十一文字の世界」（1時間ドキュメンタリー）放映。『知の体力』（新潮新書）刊。国際会議「Life of Proteins; From Gradle to Graves」主催（京都）。第十四歌集『某月某日』（本阿弥書店）刊。

平成三十一年／令和元年（二〇一九）　72歳

『歌仙はすごい』（辻原登、長谷川櫂と共著、中公新書）刊。『象徴のうた』（文藝春秋）刊。NHK BSプレミアム「平成万葉集」（4回）監修。大嘗祭にて主基地方の歌（稲春歌、屏風歌など十首）を担当。瑞宝中綬章受章。

本書は昭和五十年、茱萸叢書より刊行された。

GENDAI
TANKASHA

歌集　メビウスの地平〈第一歌集文庫〉

平成二十五年四月三十日　初版発行
令和二年一月二十五日　改訂第二版発行

著　者　永田和宏
発行人　真野　少
発行所　現代短歌社
〒一七一－〇〇三一
東京都豊島区目白二－八－二
電話　〇三－六九〇三－一四〇〇
印　刷　日本ハイコム
定価　本体８００円+税
ISBN978-4-86534-269-7 C0192 ¥-800E